LA PRINCESITA

EL COCODRILO COMILÓN

Mi primera enciclopedia

m

c

a

p

t

h

p

p

c

c

ALICIA LA FANTASMA

Para Alice, Alison y Alyx

Título original: *Charlie Cook's Favourite Book,*
publicado por primera vez en 2005
por Macmillan Children's Books,
una división de Macmillan Publishers International

© 2005, textos: Julia Donaldson
© 2005, ilustraciones: Axel Scheffler

© 2019, Grupo Editorial Bruño, S. L.
Juan Ignacio Luca de Tena, 15. 28027 Madrid
www.brunolibros.es

Traducción: Roberto Vivero

ISBN: 978-84-696-2557-6
Depósito legal: M-23515-2018

El cuento sin fin de Martín

Un cuento de Julia Donaldson

Ilustrado por Axel Scheffler

ⓑ Bruño

Había una vez un niño
llamado Martín.
Un día se sentó en un sillón del salón
a leer su cuento favorito:
EL PIRATA PATAPALO.

Este cuento trata de un barco pirata
que estuvo a punto de hundirse
por culpa del capitán,
al que arrojaron al mar.
El pobre tuvo que nadar,
con su garfio y su pata de palo,
hasta llegar a una isla.

Allí encontró un cofre
que contenía un cuento:

RICITOS DE ORO.

Este cuento trata de una niña
llamada Ricitos de Oro y tres osos
que salieron a dar un paseo
y se enfadaron muchísimo
al volver a su casa, porque alguien
se había comido su sopa.

Cuando entraron en la habitación
del osito pequeño, este dijo:
—¡Mirad! Una niña se ha metido en mi cama…
¡y está leyendo mi cuento favorito:
EL CABALLERO Y EL DRAGÓN!

ESTE CUENTO TRATA DE UN VALIENTE CABALLERO QUE LE DIJO A UN DRAGÓN...

¡Espera! Antes de que luchemos...

... ¡tienes que oír esto!

ENTONCES ABRIÓ SU CUENTO FAVORITO Y EMPEZÓ A LEÉRSELO.

EL CUENTO HIZO MUCHÍSIMA GRACIA AL DRAGÓN. SE TITULABA *LA RANA RENATA*.

Este cuento trata
de Renata Ranasalta,
una rana muy lectora

que saltó encima de un nenúfar

y saltó sobre un tronco

y luego entró de un salto
en la biblioteca
que estaba junto al río y...

... «¡croac, croac, croac!», se puso
a saltar encima de su cuento favorito:
*EL INCREÍBLE MUNDO
DE LOS PÁJAROS.*

Este cuento trata
de un gran roble repleto de pájaros
que hicieron un concurso de nidos.

—¡Gana la señora Corneja!
—proclamó el señor Búho.
La afortunada había hecho un nido
con páginas de su cuento favorito:
LA PRINCESITA.

$\mathcal{E}$ste cuento trata de una princesa
que vio un platillo volante
en el que viajaban unos hombrecillos
verdes que la saludaron desde el cielo.

La niña salió corriendo y le dijo a su madre:

—¡Ven a ver lo que he visto!

Pero la reina no le hizo caso

porque estaba leyendo su revista favorita:

LA REVISTA DEL PALACIO.

La revista hablaba de un ladrón que robó la corona al rey.

Pero, mientras huía,
quedó atrapado
en un rebaño
de ovejas.

El rey llamó a la policía,
que detuvo al ladrón...

y lo metió en la cárcel,
donde leyó su cuento favorito:
EL COCODRILO COMILÓN.

Este libro trata de un cocodrilo

que comía flores

y joyas robadas

y ladrones de joyas.

Un día entró en una librería
y buscó y buscó

hasta que encontró
MI PRIMERA ENCICLOPEDIA.

TARTA:

mezcla de cosas ricas
que se meten en el horno.

LA TARTA DE LA REINA

Se necesitaron 6 camiones para llevar
las bolitas de chocolate que la adornaban.
La tarta llevaba 4.276 tabletas
de chocolate y 739 sacos de gominolas.

FAMOSOS COMEDORES
DE TARTA

Los comedores de tarta más famosos
de España son los gemelos Rodríguez.
Cuando tenían seis años, ganaron
el concurso Supercometartas.
A los diez años tuvieron que llevarlos
al hospital cuando chocaron con sus
cabezas al intentar zamparse
el mismo trozo de tarta.
(Ninguno lo consiguió y su perro
se la zampó).

En la enciclopedia leyó acerca
de la tarta de cumpleaños más grande
del mundo, que un equipo de cocineros
reales había hecho para la reina.

La tarta estaba tan rica que un famoso
astronauta se llevó un trozo a Júpiter,
junto con su cuento favorito:
ALICIA LA FANTASMA.

Este cuento trata de una fantasma que todas las noches volaba por un castillo

con su cabeza bajo el brazo y asustando a todo el mundo.

Al amanecer, se ponía su cabeza...

...y buscaba un rincón agradable
para sentarse a leer su cuento favorito.
EL CUENTO SIN FIN DE MARTÍN.

Este libro trata de un niño llamado
Martín, que se sentó en un cómodo
sillón del salón a leer su libro favorito:
EL PIRATA PATAPALO.

EL PIRATA PATAPALO

CUENTOS CLÁSICOS

RICITOS DE ORO Y MUCHOS MÁS

EL CABALLERO Y EL DRAGÓN
Y OTRAS HISTORIAS DEL BOSQUE

LA RANA RENATA